C'est peut-être ça, être amoureux

d'Agnès de Lestrade
illustré par Laurent Audouin

Pour toi, ma Clara,
de la part de ta « ma reine » qui t'aime.
A. de L.

CHAPITRE 1

Les caravanes arrivent par un jour de grand soleil. Elles s'installent sur la place du village. Près de l'église, Manolito aperçoit l'école. Dans une heure, il entrera dans une classe remplie d'ennemis. Tous les yeux se poseront sur lui, le gitan. « Gens du voyage », disent les grands.

Gitan, il en est un. Et il est fier de vivre dans une roulotte, avec ses parents, ses frères et sœurs, ses oncles, ses cousins. Une grande famille unie, emmêlée comme des fils de coton.

– Là, Kousko !

Le jeune garçon s'approche du chameau. Il caresse son poil rêche. Pour l'animal aussi, c'est un changement. L'herbe n'a pas le même goût partout.

– Manolito, viens m'aider !

Les hommes montent le petit chapiteau de toile. On dirait des fourmis accrochées à une brindille.

– Apporte-moi le marteau !

Agile, Manolito grimpe le long de la structure de fer. Plus tard, il sera trapéziste.

– Tiens, Roberto.

– Merci.

Soudain, Manolito sent une boule dans son ventre. Il la connaît bien, cette boule. « Doucement », il lui dit. Comme à Kousko, il lui parle. Pour qu'elle s'apaise et disparaisse.

– L'école est obligatoire, dit sa mère en fermant son cartable.

– À quoi ça me sert d'apprendre ? Je veux être trapéziste.

Ce dialogue, Manolito l'a souvent avec ses parents. Il doit tenir encore cinq ans. Jusqu'à ses seize ans.

– À ce soir, mon fils.

Sa mère a déjà tourné la tête. Elle attrape sa petite sœur et la coince contre son sein. Parfois, les adultes ne savent pas combien il en coûte aux enfants de vivre.

L'école se rapproche. Le jeune garçon marche vite. Autant en finir. Entrer dignement dans l'arène et faire un bon taureau.

– Manolito Veira ?
Une dame, aux cheveux gris, le pousse devant elle.
– Dépêche-toi ! les élèves sont déjà en classe.
Manolito se retranche à l'intérieur de lui-même. Là où personne ne peut le toucher. Quand il entre dans la classe, tous les yeux se posent sur lui. Manolito plisse le front. Son regard les survole, ne s'accroche pas. Les autres sont une masse blanche. Comme la robe d'un fantôme, elle tangue et oscille devant ses yeux embués.

Soudain la boule est là. Elle envahit son gosier. Surtout ne pas vomir. Il a juste le temps de courir aux toilettes.

MANOLIO

CHAPITRE 2

– Tu veux que je te montre l'infirmerie ?
C'est une fille qui lui parle à la récré. Elle est brune comme lui. Avec des yeux bleus. Ce n'est pas une gitane. Manolito reconnaît les siens.

L'infirmerie est une petite pièce toute blanche. L'infirmière a une voix douce. Elle lui dit de s'allonger et appuie sur son ventre.
– Tu vas rester là. Je t'apporterai un peu de soupe.
Les gens d'ici sont comme l'herbe. Sucrés.
– Tu t'appelles comment ?
C'est la fille qui parle.
– Manolito.

– C’est drôle : moi, c’est Emmanuelle.
Manolito plante son regard noir dans celui d’Emmanuelle.
– Tu trouves ça drôle ?
Elle ne répond pas.
– Tu veux jouer aux cartes ?
Elle sort un jeu usé de sa poche et distribue.
Les rois s’emmêlent aux reines.

– T’habites où ?
La question qui tue.
– Sur la place du village. Dans une roulotte.
Je suis du cirque.
Manolito aime bien dire « je suis du cirque ».
– Quand je serai grand, je serai trapéziste.
Manolito ne sait pas pourquoi il a dit ça à cette fille qu’il ne connaît pas. Il ajoute :
– Tu ne peux pas comprendre.
Elle ne baisse pas les yeux.
Le regard bleu plonge dans son regard noir.
– Moi, je serai mathématicienne.
Comme mon père.
Ton père est trapéziste ?
– Non, jongleur.
Il ne peut rien contre cette fille qui

l'emprisonne avec ses questions. Il a l'impression d'être coincé contre un mur.

– Ça va mieux ? demande l'infirmière en lui tendant un bol de soupe. Tu veux que j'appelle tes parents pour qu'ils viennent te chercher ?

Surtout pas.

– Non, ça va, dit Manolito en se levant.

Parvenu dans la cour, il se précipite aux toilettes et tourne la clé. Assis sur la lunette, il attend que la cloche sonne. Il faudra bien y retourner. En classe, avec les autres.

Le soir, sur le chemin qui le ramène au cirque, Manolito repense à cette journée. Il s'est assis à côté d'Emmanuelle, elle lui a chuchoté les prénoms de chaque élève. À la récré, un garçon blond lui a souri. Il s'appelle Blaise. Il lui a dit de venir jouer au foot.
C'est son premier « meilleur jour » dans une école. Les autres, les moches, les gris, les sales, les pouilleux, il préfère les enfouir au fond de sa mémoire.

Son cartable s'est alourdi. Pourtant, il se sent léger.

14

– Alors, frangin ! crie Roberto depuis la fenêtre de la caravane. Toujours vivant ?

Manolito lance un bras en l'air.

– Ils sont moins méchants que d'autres !

Manolito ne dit pas « ils sont sympas » ou « j'ai rencontré une fille ». Il ne peut pas dire un truc pareil. Ça lui arracherait la gorge.

– Rejoins-moi sous le chapiteau, on a du boulot.

Le soir, avant la représentation, toute la famille se réunit pour le repas. Manolo, le grand-père, trône en bout de table, comme un roi dans son palais. Car Manolo est un roi.

– Ce soir, Manolito, tu vendras le pop-corn. Et toi, Sandra, les billets de tombola.

On s'incline devant Manolo. « Un jour, on s'inclinera devant moi », pense Manolito.

MANOLO
CAISSE

CHAPITRE 3

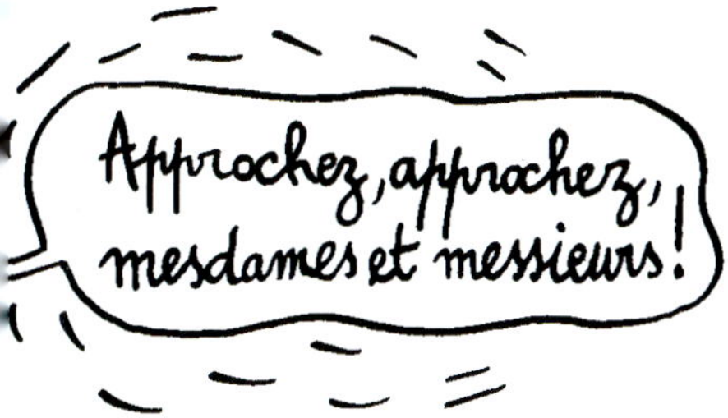

Les spectateurs se pressent devant les caisses. Quand la nuit tombe, la méfiance se transforme en admiration. Ils prennent leurs billets et, dans leurs yeux, il y a plus d'étoiles que dans le ciel. Plus tard, Manolito aussi les fera rêver. Il voltigera sous la voûte de toile pour qu'ils oublient la terre ferme et tous les chagrins qui vont avec.
– Tu penses à quoi ?
C'est Emmanuelle. Elle est venue avec son père.
– Je te présente mon père. Papa, voici Manolito.
L'homme a un sourire d'ami.

– Tu es beau comme ça.
Emmanuelle caresse le tissu de son costume. Manolito se sent tout nu. Il voudrait disparaître au fond de son comptoir à pop-corn.

– Tiens.

Il lui tend une poignée de maïs soufflé.
Le chapiteau engloutit Emmanuelle et son père avec les autres spectateurs.

Le lendemain, en classe, Emmanuelle s'assied à côté de Manolito.

– C'était ton père, le jongleur en bleu ?

Manolito ne répond pas.

– C'était celui qui te ressemblait le plus.

Cette fille ne le lâche pas. Elle le colle, l'englue.

– On est tous de la même famille.

– Mais celui en bleu te ressemble plus.

Emmanuelle a le dernier mot.

– T'as de la veine ! dit Blaise, à la récré, en mordant dans un croissant.

Manolito secoue la tête.

– Emmanuelle, c'est la plus belle fille de la classe. Tout le monde lui court après.

Et toi, t'arrives, et voilà !

« Voilà qu'elle me colle, pense Manolito. Qu'elle m'emprisonne dans son regard bleu. »

Emmanuelle s'approche de Manolito.

– Tiens, dit-elle en lui tendant une enveloppe.

À l'intérieur, un message.

« Demain, j'ai onze ans ! Viens les fêter avec moi. »

– Tu seras le seul garçon. Ça t'embête pas trop ?

Blaise a dit : « La plus belle fille de la classe. Tout le monde lui court après. »

– Non, j'crois pas.

Le soir, allongé sur le canapé de la caravane, Manolito réfléchit. Dans sa tête, il est comme un poisson qui tourne dans son bocal.

– Roberto, faut que tu m'aides !
Roberto enfile son costume étoilé. Il passe une crème sur ses mains.
– Qu'est-ce qu'on offre à une fille pour son anniversaire ? demande Manolito.
Roberto met ses chaussures.
– Je sais pas, moi. Un bijou ?
– Non, pas une fille comme ça, c'est pas une fille à bijoux.
– Une fille comment alors ?

Une fille comment ? Emmanuelle a les cheveux noirs, elle aime les maths. Emmanuelle est curieuse, elle pose trop de questions.

– Alors, une fille comment ?

– Une fille qui aime les maths.

Roberto secoue la tête. Il ne connaît que des filles à bijoux, pas des filles à chiffres. Soudain, il ouvre le placard au-dessus de sa couchette et attrape un flacon.

– Qu'est-ce que c'est ? demande Manolito.

Roberto tient délicatement la petite fiole dans ses mains.

– Un flacon d'amour. J'en mets pour tous mes rendez-vous. Et ça marche à tous les coups !

Roberto a son sourire de voyou.

– Si t'en veux, tu te sers. Une goutte, pas plus. Ça coûte très cher.

Aujourd'hui, c'est l'anniversaire d'Emmanuelle. Manolito sort de l'armoire son pantalon préféré. Il frotte ses tennis avec du vinaigre pour faire partir les taches et choisit une chemise blanche. Il regarde le placard de Roberto, hésite puis attrape le flacon. Une goutte dans son cou. Ça sent bon le muguet et la fleur d'oranger.

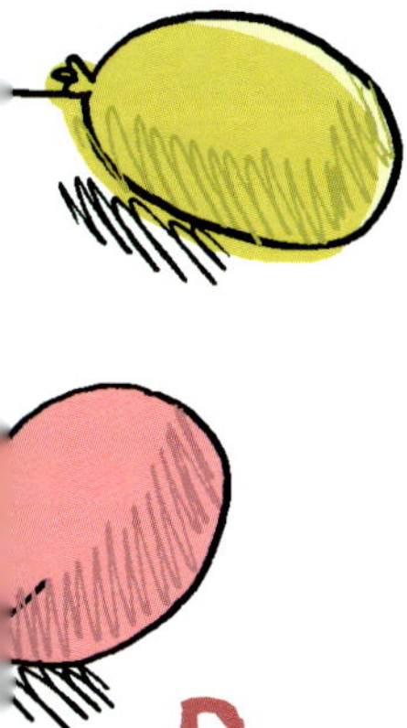

CHAPITRE 4

Devant la porte, Emmanuelle l'attend. Manolito reconnaît quelques filles de la classe. Il lui donne son cadeau. Une grande affiche de leur spectacle.

– Ouahhh ! fait Emmanuelle.

Elle l'embrasse. Son baiser est doux, un peu humide. Il ne l'essuie pas.

Dans le salon d'Emmanuelle, les filles se dandinent en ricanant. Elles se prennent par la main, s'entortillent en farandole. Manolito s'ennuie. Il sourit pour faire plaisir à Emmanuelle.

– Tu veux danser ?

– Non, je ne sais pas, répond Manolito.

– Alors, mange au moins du gâteau.

Manolito mord dans une part de gâteau au chocolat. Une fille avec une horrible jupe verte trébuche et renverse son jus d'orange. Sur la chemise blanche de Manolito. Il se dirige vers la salle de bains. Seul dans le couloir, il n'est plus obligé de sourire.

La salle de bains est entrouverte. Deux filles discutent en s'admirant dans la glace.

– Tu crois que son parfum au muguet, c'est

pour cacher son odeur ?

– J'en sais rien ! Tu savais que c'était un gitan ?

– Non mais ça se voit. Ses tennis sont pourries !

Manolito regarde ses pieds. Il n'a pas pu enlever toutes les taches. Ses tennis sentent le vinaigre. L'odeur du vinaigre s'est emmêlée à l'odeur du muguet. Manolito a mal au cœur. Sa tête tourne. Soudain, ses pieds marchent tout seuls. Son corps se détache de lui. Sa main droite cherche la porte tandis que la gauche essuie la sueur sur son front. Sa tête se cogne contre un mur. Il ne sait plus ce qu'il fait. Le brouillard est entré dans ses yeux, ses oreilles bourdonnent.

– Manolito !

C'est la voix d'Emmanuelle. Elle l'appelle. Elle s'agrippe à son bras. L'odeur du muguet est partout, elle l'encercle.

Les jambes de Manolito se tendent. Il se met à courir. Vite, très vite. C'est comme quand il voltige. L'air est partout autour de lui. Il flotte, il vole, il quitte le sol. Il ne contrôle plus rien. Ses yeux coulent sur ses joues. Parfois, il faut s'enfuir pour vivre.

Manolito se réfugie sur son lit. Il se recroqueville, se replie dans sa chaleur tiède. Là où personne ne peut l'atteindre. Peut-être qu'il va s'endormir. Le sommeil est un abri.

– Manolito, y a quelqu'un pour toi !
Sa mère allume la lampe. Les yeux de Manolito se froncent. Emmanuelle s'approche. Lui prend la main. Lui caresse la joue. L'embrasse tout près de la bouche. Manolito est allongé sur son lit. Il ne bouge pas.
– Tu sais, moi aussi, je viens d'ailleurs.
Silence.
– D'Argentine.
Manolito ne comprend pas. Il tourne la tête.
– Mon père m'a adoptée quand j'avais deux ans.
Ses yeux bleus. Ses cheveux noirs.

– Ne leur en veux pas. Elles regrettent d'avoir dit ça. De t'avoir fait partir. Tu leur pardonnes ?
Les yeux de Manolito coulent sur le drap du lit. Emmanuelle se tient contre lui. Elle dit :
– Tu sens bon. Qu'est-ce que c'est comme parfum ? Un truc pour fille ou quoi !
Manolito sourit. Sa bouche s'ouvre, une larme glisse sur sa langue. Elle est sucrée. Une larme d'ici. Il se redresse.
– Viens, il faut que je te présente quelqu'un.

CHAPITRE 5

Il prend la main d'Emmanuelle et l'entraîne dehors. Kousko broute dans le pré d'à côté.

– Je peux le caresser ? demande Emmanuelle. Il ne va pas cracher ?

– Ce sont les lamas qui crachent. T'y connais rien !

Il la pousse du coude. Elle sourit.

– En Argentine, il y avait des lamas.

– Tu t'en souviens ?

– Je crois. C'est l'odeur de ton chameau qui m'y fait penser.

– Et en France, tu n'as qu'un père ?

– Mon père m'a adoptée seul. Tu sais, lui, les femmes, c'est pas son truc ! Il parle très bien

des chiffres. Mais d'amour... J'ai une photo de ma mère, ma vraie mère. Tu veux la voir ?
Emmanuelle sort un petit portefeuille de sa poche.
– Je l'ai toujours sur moi.
La photo est usée. Manolito imagine les doigts d'Emmanuelle courir sur le visage en papier. La femme lui ressemble. En moins jolie.
– C'est la seule photo que j'ai.
Maintenant, Kousko broute les cheveux de Manolito.

– Tu viendras en classe, demain ? demande Emmanuelle.

– Non, demain le cirque repart déjà. Je viendrai te dire au revoir à l'école.
Manolito pense à toutes les fois où il était pressé de reprendre la route. La boule dans son ventre s'est déplacée dans sa gorge. Il se demande si c'est ça, être amoureux.

Le lendemain matin, dans le placard de Roberto, Manolito attrape le flacon, dépose quelques gouttes sur un mouchoir, le fourre dans sa poche. Il voudrait déjà être dans un an, quand le cirque repassera par là, avec un nouveau spectacle. Emmanuelle viendra le voir. Elle le trouvera beau dans son costume étoilé. Elle voudra l'embrasser sur la bouche, lui parler de sa mère, sortir la photo usée de sa poche. Ça le regarde maintenant, la vie d'Emmanuelle, sa mère d'Argentine et son père de France. Tout ce qui concerne Emmanuelle le regarde. C'est peut-être ça, être amoureux.

Emmanuelle l'attend dans la cour de l'école. Elle a une robe rouge. Son visage est triste. Elle lui dit qu'hier, sur le mur de sa chambre, elle a affiché la carte de France. Et qu'elle mettra une punaise sur chaque village que le cirque traversera. Manolito sort le joli mouchoir parfumé de sa poche.

– C'est pour moi ? demande Emmanuelle.

– Non, pour ton père. Pour qu'il laisse ses chiffres et qu'il trouve une femme. Roberto dit que ça marche à tous les coups !

Emmanuelle lui glisse dans la main un papier plié en deux.

– Tu le liras ce soir.

Pour la première fois, Manolito voudrait faire partie de l'histoire. Que son père soit boulanger, que sa mère travaille à la poste du village.

Manolito voudrait se réveiller chaque matin avec le même horizon. Celui de la maison d'Emmanuelle, coincée entre l'école et l'église.

Les caravanes quittent la place du village. Manolito regarde la maison d'Emmanuelle devenir un petit point sur l'horizon.

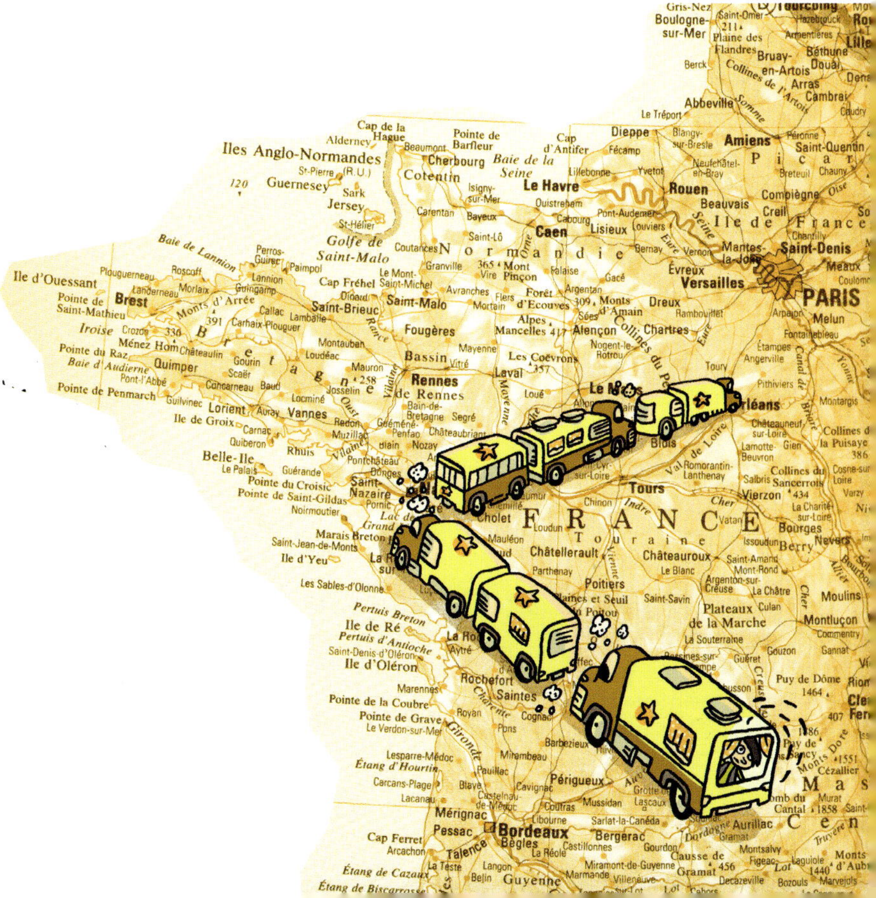

Le cirque s'arrête à cent kilomètres de là. Déjà Roberto a besoin du marteau et oncle Pedro crie dans son haut-parleur. Sur le mur de sa chambre, Manolito a accroché le petit mot d'Emmanuelle. Chaque matin, avant de partir pour la nouvelle école, il le lit. Et il se sent bien.

« Pour toi, Manolito, mon flacon d'amour.
Je t'attends. À l'année prochaine. »